Wilder Schmetterling
Sensei*!
Sensei!
*Anrede für Lehrer etc.
Ich will auch gucken!
Ich auch!
Ich auch!
Wo ist er denn?!
Psst ...
Schaut ...
Dort, auf der gelben Blume ...
Aber seid vorsichtig ...
Michael ...

... Michael ...
... sehen Sie ihn auch ...?
Flatter ...
Oh ...!

Wilder Schmetterling

TOKYOPOP GmbH
Bahrenfelder Chaussee 49, Haus B
22761 Hamburg

TOKYOPOP
1. Auflage, 2010
Deutsche Ausgabe/German Edition

Aus dem Japanischen von Caroline Schöpf und Kuni Ushio
Rechtschreibung gemäß DUDEN, 25. Auflage

KOKKYOU NO CHOU

First published in Japan in 2007 by Oakla Publishing Co., Ltd., Tokyo
German translation rights arranged with Oakla Publishing Co., Ltd.
through Tuttle-Mori Agency, Inc, Tokyo

Redaktion: Alexandra Schöner
Lettering: Datagrafix, Inc.
Herstellung: Rita Geers
Druck und buchbinderische Verarbeitung:
CPI–Clausen & Bosse GmbH, Leck
Printed in Germany

ISBN 978-3-86719-912-4

www.tokyopop.de

Wilder Schmetterling

Hiroki Kusumoto

TOKYOPOP®
HAMBURG // LONDON // LOS ANGELES // TOKYO

INHALT

Wilder Schmetterling	1
Die Legende vom Senyo	57
Die Erzählung von Shiramine	89
Fangzähne	129
Der Totenmeister	153

Oliver Lehmann!
Mein Nachfolger als Lehrer, Herr von Straum-Ridlhart, ist ...
... ein brillanter Soldat, der den Ausbruch aus der Umzingelung in Nordost-Ewer erfolgreich geleitet hat.
Er kennt sich auch sehr gut im ...
... *Nationalismus* und *Imperialismus* aus ...
Sei aufmerksam und folge ihm gut ...!
Jawohl!
Ich werde mit den Kindern fleißig lernen!
Für unser Land!

Während sich der Krieg in die Länge zieht ...
... wurden alle Männer im Dorf einberufen.
HINK
Nur ich bin immer noch hier im Dorf ...
... nur wegen dieses Beins!
Hink
Hink
Wenn nur mein Bein unversehrt wäre ...
... hätte ich mit den anderen in den Krieg ziehen können ...!
Um mich wenigstens etwas nützlich zu machen, so wie sie ...
... arbeitete ich als Assistent der vom Staat hierher gesandten Lehrer ...
DING
DONG
So! Setzt euch!
Heute wird ein neuer Lehrer kommen!
QUASSEL
QUASSEL
TRAPP

Stille
...
... Das ist Herr Michael von Straum-Ridlhart!
Ab heute wird er euch unterricht...
...
...
...
Stille
...
Was mach ich nur?! Der schüchtert sie total ein ...
Ähm ...
Herr Michael von Straht ...
Upsi!

...
Verzeihen Sie mir!
Ähm ...
Herr Michael von St... St...
Äh ...
Wie noch mal?!
St...St... Streuselkuchen?
Nein!
Panik!!
Pff!
Ha ha ha!!
?!
»Michael« ist okay!
Freut mich, Oliver!!
...

Wa...s?
Hallo, ihr alle!!
Hä ...? Was ist denn das für ein Lehrer ...?!
TOCK
TOCK
Hm?
Das ...
Äh ...!
Gibt es ein Problem?!
Hink
Hink
Nein ...
Mir ist nur ein vertrauter Buchrücken ins Auge gefallen ...

Ah ... Das Bilderbuch ...
Das ist mein Lieblingsbuch!
Ich wollte es schon immer noch einmal lesen!
Könnte ich es mir ausleihen?
Äh ... ja ... bitte!
He, da sind ja noch andere Bücher, die ich kenne!
Kann ich mir diese hier auch noch mitnehmen?
Der ist ja ganz anders, als er wirkt ...
Die Bücher hier habe ich alle von zu Hause mitgebracht.
Aha ... Also ...
... sind es alle deine Lieblingsbücher.
ドキ
J...
... Ja ...
Was will er damit sagen ...?
Na ja, könnte man so sagen ...
Wusstest du ...
... dass man den Charakter einer Person an ihrem Bücherregal erkennt?
Ich ...
... kann dir nicht so richtig folgen ...?
Ich ...
... wollte sagen ...
KLAPP

... wir werden uns bestimmt fabelhaft verstehen!
!!
Ich werde sicherlich ...
... auch sehr gut mit euch zurechtkommen!
Michael von Straum-Ridlhart war ...
Steht es mir?
Wie Oliver!
Genau!
Ja!
Nicht so ... richtig ...
... sogar in den Augen eines Dorfmenschen wie mir ein eigentümlicher Soldat ... und das nicht nur wegen seines Charakters.
Ich war ...
... zwar schon oft an der sogenannten »Landesgrenze« ...

... aber eine Trennlinie zwischen den Ländern konnte ich nirgendwo sehen!
!
Was redet er da eigentlich ...?!
...
Und was gab es dann dort ?
Sensei, eine Frage!
Hm ... Also ...
Obwohl alle jetzt für unser Land kämpfen ...!!
Eine Wiese ... mit wunderschönen Blumen überall!
Aha ...?
Was denn für Blumen?!
Eigentümlichkeit in gewissen Maßen ist ja okay, aber das ...?
Ähm ...
Öffne mal deine Hand!
?
Was für Blumen daraus wachsen, ist eine Überraschung!
Wow!
Der hat's gut!
Ja!
Ich will auch!

Ihr mögt also Blumen!
Dann bring ich wieder welche mit!
Michael!
Hm?
Warum erzählst du den Kindern so etwas!
So etwas ...?
Dass keine Landesgrenzen existieren, Blumen zu pflanzen und so ...!
Was soll das mit diesem naiven Gerede werden?
Wenn du so weitermachst, werde ich der Militärbehörde eine geheime Mitteilung machen!
...
Also, so etwas ...

... kann man aber nicht »geheim« nennen, wenn du's mir vorher schon sagst!
...!!
Hä ...?!
Und du ...
... kannst auch nur so leichtfertig von »geheimer Mitteilung« reden, weil du das wirkliche Schlachtfeld nicht kennst!
Das wirkliche Schlachtfeld ...?
... Oder etwa nicht?
I... Ich ...
... würde am liebsten sofort an die Front aufbrechen ...!!
SCHMERZ
SCHMERZ
Aber mit diesem Fuß ...
Ich brenne auch darauf, für unser Land zu kämpfen ...!!
ガタ
ガタ...
Gut ...

Ich möchte dir etwas zeigen!
...!
Kommst du mit zu mir nach Hause?
Was will er mir bloß so unbedingt zeigen, dass er mich sogar zu sich einlädt?
Also gut! Dann werde ich die Gelegenheit nutzen, mehr über ihn herauszufinden ...!
Bitte ...
...
カチャ..
Machen Sie es sich bitte bequem ...
HUST ...
... Herr Lehmann ...
Leg dich besser hin ...
... Entschuldige bitte.
HUST ..
Kein Problem ...
Geht es deiner Frau nicht gut?

Leider nicht ...
Ein Grund, weshalb wir hierher gezogen sind, ist, dass sie sich etwas auskuriert ...
Äh ... Also ...
... Du wolltest mir doch ...
Ach ja! ♡
Meine wunderbare Frau zeigen!
War nur ein Scherz ...
Na ja, wunderbar ist sie ... ♡
Aha ...
Echt seltsamer Typ...
Komm hierher!
!!

He he ...
...
Wow! Abenteuer in Fernost!!
Reisebericht Galapagos!!
Wahn... sinn ...!!
...
Oh Mann! Wahnsinn!
Nimmt dir mit, was du willst!
W...
Wirklich?!
Du ...
... magst Bücher wirklich, oder?
!!
Äh ...
Mist! Meine Bücherliebe ist mit mir durchgegangen ...

Ich ...
... habe noch nie dieses Dorf verlassen ...
Bücher waren meine einzige Möglichkeit, etwas über die Welt zu erfahren ...
Ja ...
Bücher zeigen ...
... uns andere Welten ...
Deshalb ...
... werden sie im Zentrum streng kontrolliert.
Für den Besitz von Büchern mit Themen wie »Freiheit« oder »Gleichheit« ...
... wird man sogar exekutiert.
Nur für den Besitz ...?!
Ja ...
Ich habe zugesehen, wie viele Bücher verbrannt wurden.
!
Aber dieses Buch ...
KLAPP

... konnte ich einfach nicht seinem Schicksal überlassen!
FLATTER
!!
Es sieht aus wie ein Schmuck-kästchen ...!!
Wow!
Der blaue Schmet-terling ...
ドキ ドキ
Nun ...
... dieses Buch ...
SCHIEL
...
?
Lieber doch nicht.
!!

Es ist besser, wenn du den Inhalt nicht kennst!
Ja, bestimmt ...
Wieder ...
ドキ
... dieser kalte Blick ...
Was denkt er nur ...?
Danach ...
... unterrichtete er ungeachtet meiner Warnung die Kinder wie bisher ...

Und ...
Die Blumenkerne, die er von der Front mitgebracht hatte und die Kindern pflanzen ließ ...
... fingen im ganzen Dorf an zu sprießen.
Die Blütenpracht ließ einen kaum glauben, das dieses Land gerade mitten im Krieg war.
Also ...
Zu dieser Blume kommen wunderschöne Schmetterlinge!
Und mit der Zeit begann ich auch ...
Sie trinken nur den Nektar dieser Blume!
Ooh ...?

Michael!
Hast du sie schon mal gesehen?
Hab ich!
Sie waren klein ...
... aber funkelten bläulich ... Wie Juwelen!
Uuih ...!
Ich möchte sie auch mal sehen!
Glaubst du, sie kommen auch zu diesen Blumen hier?
Wenn noch mehr blühen, bestimmt!

Dann lass uns noch mehr pflanzen!!
Ja!
Dieses Mal hilfst du uns doch, oder, Oliver-sensei?
Ja!
Sie funkeln also wie Juwelen ...
Stimmt, der Titel von dieser Buch ...
... war doch auch Blauer Schmetterling ...
Ich bin gespannt, was für Schmetterlinge kommen ...
... seine Denkweise zu teilen.
...

Hm?
Hä?
Wie??
...
Fortsetzung folgt.
Was!? Das ist mehrteilig?!
Mann! Wie das nur weitergeht?!
Das hätte er doch erwähnen können, als er's mir lieh!
So ein Fiesling! Das war bestimmt Absicht ...
Aaah ... Aber ich will schnell die Fortsetzung lesen ... Aaah ... Manno ...!
...
Konnt mich nicht bremsen ...
Ha ha ...
!!
Seien Sie also auf der Hut!
Ein Soldat ...?!
...
Verstanden. Danke!

...
...!
Oliver ...!
Ähm ...
Habe ich euch gestört ...?
... Ah! Das Buch!
Wusst ich's doch!
Ich hab mir schon gedacht, dass es dir bestimmt gefällt!
?!
Er weicht aus?
Es ging mir genauso, als ich dieses Buch gelesen habe!
KLAPP
Hab vor der Öffnungszeit des Buchladens so lange an der Tür geklopft, bis der Besitzer aufgewacht ist.

Hier ist der zweite Band!
!
Äh ...
Danke schön ...
...
KLAPPER
Ähm ...
Der Soldat von vorhin ...
Mhm ...?
Nur ein Freund.
Wirklich ...?
...
Das sah aber nicht danach aus ...
Er kam nach einer Ewigkeit mal wieder zu Besuch ...
...
Es gibt auch Sachen, die man besser nicht wissen sollte!

Hä?
Seit ... du mich kennengelernt hast, hast du ...
... dich allmählich verändert ...
Verändert ...?
Oder was meinst du ...?
Du merkst es selbst doch auch, oder?
Immerhin mahnst du mich nicht länger ...
Na ja, ich weiß nicht so richtig ...
Das wünschte er sich wohl ...

Du bist doch ein Lehrer! Da darfst du deine Meinung nicht so schnell ändern!
...
Hätte ich mich etwa besser nicht verändern sollen?
Ich ...
... verstehe dich nicht ...!
Warum ...?
Wieso bist du so abweisend?!
Was für ein Problem hast du mit mir?
Macht er sich ...
Du bist ...
... doch nicht mein Schüler!
Michael ...?!

...
Hast du etwa Probleme damit, dass ich nicht einberufen wurde ...?
... etwa lustig über mich, weil ich das »wirkliche Schlachtfeld« nicht kenne ...?
...
Ich habe keine Ahnung, aber die Front muss ein schrecklicher Ort sein ...
Sag mal, bist du etwa in dieses Dorf gekommen ...
... weil du vor dem Schlachtfeld fliehen wolltest - und nicht, um Lehrer zu werden?
Aber ...
... nein, oder ...?
...
Oliver ...

!!
Du kennst die Front nicht! Was verstehst du da schon?!
Hm?
Diese Kraft ...! Will er etwa ...
A...
...rgh ...
... Der macht Ernst ...?!
Mi... cha... el ...!
PACK

Wusstest du's? Man braucht nicht unbedingt Waffen und Kriegsgerät ...
... jeder kann einen Menschen einfach so umbringen ...!
Wenn er nur will ...
... kann jeder ...
Er bringt mich um ...!!
... auf diese Weise ...
Michael ...!!

...
Ent-schuldi-gung ...
Ich ... hab mich verges-sen ...
SWUP

Röchel ...
Ich dachte ...
... er bringt mich echt um ...!
Die Front ist ...
... ein Ort, wo sich verrückte Menschen wie ich gegenseitig niedermetzeln ...
Ein Albtraum!
Durch das, was hier drinstand ...
... bemerkte ich es ...
...
QUELL
Oliver ...

Du hast recht!
Ich bin tatsächlich vor der Front geflohen!
Bist du jetzt zufrieden?
Nein ... ich wollte ...
... doch nur ...
...
Ich ...
... Es ist schon spät ...
Du solltest besser nach Hause gehen ...
Ja, du hast recht ...
Michael ...!!

Ach ...
Äh ...
Oliver ...
Hier, vergiss das Buch nicht!
... Ja ...
Du wirst das ...
... Ende nicht erfahren, wenn du es nicht ganz bis zum Schluss liest ...

... »Bis zum Schluss« ...
Braucht er doch nicht extra zu sagen ...
Schluss ...?
...!
BLÄTTER
Michael ...!!
Diesen Schmetterling hab ich gesehen ...
... als ich gerade bei der Inspektion der Landesgrenze war ...

Er war so wunderschön ...
... dass ich ihm nachlief und ihn genauer betrachten wollte ...
Doch der Schmetterling flog immer weiter in die Richtung des anderen Landes ...
Und plötzlich ...
... merkte ich ...

... »dieses Land«, »das andere Land«, was soll das eigentlich heißen?
...
Denn diese ...
... Grenzen zwischen Ländern ...
... »gibt es nämlich nicht!«
Das wollten Sie doch sagen, oder? Interessant!

Lektor Michael von Straum-Ridlhart!
Was hat das zu bedeuten?!
Die Inspektoren ...!!
Was soll dieser Aufzug?! Und was unterrichten Sie hier die Kinder?!
Warten Sie ...!
Oliver!
Kümmer dich um die Kinder ...
Anscheinend ...
... hatte das Militär Michael schon lange im Auge ...

In seiner Wohnung ...
... wurden viele Bücher entdeckt, die er eigentlich im Zentrum hätte verbrennen müssen.
Außer diesem einen Buch hatte er noch viele andere.
Die Bewohner des Dorfes wurden auch gründlich kontrolliert.
Doch niemand wurde festgenommen.
Er hatte ...
Die beiden sind Verräter!
Wer von ihrem verdorbenen Gedankengut beeinflusst worden ist ...
... wird mit bestraft!

Was ist mit dir?!
Du warst doch sein Assistent!
Nein ...
DRÜCK
Ich ...
... sagte den Kinder immer, dass er Unrecht habe.
Nicht wahr, Kinder?
コクリ…
...
TOCK

TOCK
TOCK
DONK
RINN

Also gut!
Fahr los!
...

He ...!
!!
TACK
TACK
TACK
Michael ...!!
Ich ...
Ich warne euch ...!
Wa...
WAS?!

... wer- de noch viel mehr Blumen pflanzen ...
... und irgend- wann allen den blauen Schmetter- ling zeigen!
Versprochen ...!!
...

Ja ...
Tss!

Es war an einem sonnigen Tag ...
»Eine Trennlinie zwischen den Ländern konnte ich nirgendwo sehen!«
PENG
PENG
Die Blumen blühten prachtvoll ...

»Da war eine Wie- se ...
... mit wunderschö- nen Blumen überall!«
Es sind dieselben Blumen, die er an der Front sah ...
... Und sie blühen ...

... auch heute noch unverändert ...

Auf der letzten Seite des zweiten Bandes war eine Nachricht an mich.
Damals gab Michael ...
... mir absichtlich nur den ersten Band.
»Dies ist eine Bitte von mir und meiner Frau ...
Bald wird das Militär zur Kontrolle kommen. Aber ich werde meiner Überzeugung folgen ...
... und euch schützen ... «

»Daher bitte ich dich, wenn dieser Zeitpunkt kommt ... «
Deshalb ...
... habe ich seinen Wunsch ...
Ich frage mich nur ...
... was nun in diesem wunderschönen Buch stand ...

»Nachdem ich das Buch geschrieben hatte ...
... be-merkte ich das ...«
Aber wir haben bestimmt Dinge von dir gelernt ...
... die viel wichtiger sind als das ...
Der Schmet-terling ...
... ist jetzt auch hier bei uns zu sehen.
Siehst du ihn auch, Michael ...?
ENDE

Wi...
Wie kannst du es wagen!!
Du siehst Todesmale auf meiner Stirn?!
I... Ich werde sterben, sagst du ...?!
Nicht mit mir ...!
Dafür sollst du büßen ...!
Aber ich wollte Eure Majestät doch nur warnen ...
Schweig!!
Wache! Nehmt ihn fest!!
Wa...?!
So eine verdammte Weissagung kann es doch nicht geben!!
Ich verurteile dich zum Tode!!
Die Legende vom Senyo

Die Legende vom Senyo

Kennst du die Geschichte von dem weissagenden Yokai* auf dem Wangyueberg**?
*Monster des jap. Volksglauben mit übernatürlichen Kräften
**Mondschau-Berg in China
Seine Weissagungen sollen wirklich genau zutreffen!
Hä?
Gibt es Yokai, die weissagen?
Es gibt ja auch Yokai, die früher einmal Menschen waren ...
Ja ...
Man sagt, es sei der Schatten von einem Weissager aus dem Königspalast!
***bedeutet »weissagender Yokai«
Aha ...
Dieser »Senyo***« war also der Weissager, der den Tod des letzten Königs vorhergesagt hat?
Wahrscheinlich ...

Hm ...
Sein eigenes Schicksal kann man also nicht vorhersagen ...?
Die nehm ich.
Bit-te!
An-schei-nend nicht ...
チャリン
Wirk-lich eine trauri-ge Ge-schichte ...
Ach ...
Vielleicht lass ich mir vom Senyo vorhersagen, wie das Hau-sieren so lau-fen wird ...
Hey!
Das soll wohl 'n Witz sein?
Dieser Yokai sieht anscheinend wie ein Mensch aus, während er weissagt, aber abhängig vom Ergebnis verwandelt er sich manchmal in ein Monster und frisst den Fra-genden.
Was?

Puh ... Nach dem schlechten Geschäft heute ist der Weg noch anstrengender ...
Ich frage mal hier, ob ich in diesem Haus übernachten darf.

ギャァ
ギャァ
Ach je ...
Schlechte Vorzeichen ...
Aber ein Tem-pel ...
... ist immer noch besser, als vom Tau durchnässt aufzuwachen.
ギィ

Uwah
...!!

Äh ...
... Entschuldigung ...
Ä... Äh...m ...
Wird doch wohl kein Räuber sein ...?
K... Könnte ich auch die Nacht hier verbringen?
Ja ...
Puh ...
...
ガサッ

Äh ...
Möchtet Ihr auch etwas?
...
Nein!
Soll ich etwa Menschenfutter essen?!

?!
He he ...
He he he ...
Hat der Tod dich hierhergeführt? He he ...
Auch wenn du hier auf einem Friedhof stirbst, wird niemand einem Fremdling wie dir ein Grab errichten ...
Sterben ...?!
Wovon redet Ihr ?!

Ha!
Hmm ... das »Klingenauge« ... der Kopf nach unten geneigt, jedoch der Blick schräg nach oben ...
Und in der Pupille ein roter Streifen, der von außen nach innen verläuft ...
Dir wird in naher Zukunft der Hals abgerissen werden!

Bi...
Nun, Mensch ...!
Seid Ihr der Sen-yo ...?!
Ich fres-se keine Menschen, die noch ein langes Leben ha-ben ...
Aber du stirbst in Kürze!
Das heißt, ich kann dich unbesorgt auf-fressen!

Bitte ...!!
Ich bitte Euch um Gnade ...!!
Ich habe eine kleine Tochter ...!
Toch-ter?! Na und?!
Habt Ihr denn ...
... kein menschli-ches Herz mehr ?!

Ihr wart doch ein Weissager des Königspalasts, nicht wahr?
Eure Weissagungen waren doch nur zum Wohle des Landes gedacht, oder ...?! Warum seid Ihr nur zu so einem menschenfressenden Monster geworden ...?!
...
Ich weiß nur noch, dass man mich in den Bergen ausgesetzt hatte ...
... und dass ich dank meiner starken Geistesenergie mit dem Tier, das mich fraß, verschmolz ...
Sonst erinnere ich mich an nichts!
Dann ...
... werde ich Euch helfen!!
Ha! Das hab ich schon zu oft gehört!

Mir sind meine Erinnerungen völlig egal!
Wahrscheinlich habe ich sie vergessen, weil ich es wollte!
Aber ...
... es gibt bestimmt auch jetzt noch Menschen, die Euch nicht vergessen können!
Auch ich suche, während ich hausiere, meinen verschollenen Vater!
Schon so lange ...
...
War das alles, was du zu sagen hast?
...
Wenn Ihr mich unbedingt fressen wollt ...

... gebt bitte dies meiner Tochter!
Also gut ...
Ah ...
Argh ...
...?! Was ist mit Euch los?!
Ich ... verwandle mich, wenn ich in Kontakt mit menschlicher Lebenskraft komme!!

Sei gefasst, Mensch!
Sag mir als Letztes deinen Namen!
Ich heiße Koei ...
Ko...ei ...
Koei ... Ich werde den Namen in dein Grab ritzen!
He he!
Vielen Dank ...

?!
Ur...gh ...!!
?!
Würg ...
Röchz ...!!
Keuch ...
Hah hah ...
Keuch ...
Hah ...

Das ist doch ...?!

SCHLUCHZ
SCHLUCHZ
Koei ...!!
Koei ...

Koei ...
Suig-yoku! Ich hab's ge-schafft!
Meine Weissagun-gen wurden vom König akzeptiert!!
Bereitest du meine Reise zum Schloss morgen früh vor?
Ihr ...
Koei ist doch ge-rade erst geboren ...
Ist Euch trotzdem Eure Karriere wichtiger?!
Was ist? Freust du dich nicht?

KLIMPER
Gib Koei das hier ...
Was ist das?
He he ...
Solange er diese Halskette trägt, werden wir uns wiedersehen!
Ich schwöre, Koei!
Wenn ich genug Ansehen erworben habe, komm ich zurück!
Dann bauen wir uns hier ein Anwesen und wohnen einträchtig und glücklich zusammen darin.

Kommt auch wirklich zurück, ja?
Ja!

Klei-
nes
Fräu-
lein ...
Wohnst
du in diesem
Haus?
Ja!
?
Das
ist für
dich, von
deinem
Vater!
Danke!
He ...
Komm,
wir spie-
len!

Komm doch mit ins Haus!
Suigyo-ku ...

Würdest ...
... du mir vergeben ...?

Ah ...

KNACK!
KRACK!
KRACKS!

UUOOOOH ...
ウォォオオ

Auf dem Wangyue-Berg soll ein Yokai wohnen ... Doch er soll nie einen Menschen anrühren und stets nur ein kleines Grab beschützen ...
ENDE

Die Erzählung von Shiramine

*Insel in der jap. Präfektur Ishikawa

Shirami-
re ...?
Die Ver-
bannungs-
Insel!
von

Die Erzählung Shiramine
Verbannung?!
Äh ...
Wie ...?
In diesen klitschnassen Kleidern erkältest du dich noch.
Komm mit!
Hey ...
Warte doch!!
Was soll das heißen?! Verbannung?!
Ich hab doch nichts getan ...?!

GRMPF!
Ich raff hier absolut gar nix!
Überhaupt, heutzutage werden Verbrecher doch nicht mehr auf Inseln ausgesetzt?!
So ein Quatsch!!
...
Also, ich kann mich noch erinnern, dass ich mit meinen Kumpels am Meer abgehangen hab! Aber danach ... keinen Schimmer ...!
He ...
HAAALLO!!
Konzentriert ...
...
Hörst du mir zu?
...
...
Hey, Opi!! Ich hab dich was gefragt!

*-san = höfliche, geschlechtsunabhängige Anrede

*alter Name für Kyoto

Das Essen schmeckt so was von schlecht ...
Was sagst du da?! Das ist der teuerste Reis aus Kyoto!
Sei dankbar und iss!!
Wäää!
Das hier ...?!
Die Kommunikation scheitert total ...
Das Blond kommt vom Bleichen!!
Bin kein Dämonenkind!!
B... Butt-Leichen?
KOTZ
Butt-Leichen?
Grübel ...
Ich dachte, der Typ ist ein Hobby-Cosplayer, aber ...
Yin-Yang-Meister waren ja vor Kurzem der Renner ...
Der ist doch nicht etwa ...
... ein echter Mensch aus der Heian-Zeit*, oder?!
*jap. Epoche (794-1185)
Hey, du, sag mal ...
Aki-hito-san!!
Hast du keine Ahnung ...
Haallo! Nun hör doch ...
... was mit mir passiert ist?
...
...
Nein!!
Ruhe!

Wa ...?!
ぬうう
Der ist vielleicht schroff! Wie fies!
Men-no ...
Der könnte sich doch ein wenig Sorgen um mich machen, oder?
Ignoriert mich völlig und schreibt die ganze Zeit diese komischen Sutras ab ...
Und diese Masse ... Der schreibt bestimmt schon seit Jahren! Die Leute früher hatten echt Ausdauer. Oder einfach nur viel Zeit ...? Ist mir unverständlich!
Wie kann der nur alleine so ein Leben führen? Wird dem nicht langweilig?
イライラ...
Konzentriert ...
Sag mal ...
Muss ich et-wa ...
... jetzt für immer mit dir zu zweit hier wohnen ...?
...
Nein ...

Ich hab eine Idee, welches Ritual dich zurück in deine Welt schicken könnte.
Hey! Echt?!
Worauf warten wir dann noch?!
Aber ...
... dieses Ritual kostet mich enorm viel Kraft ...
Ich muss die *Fünf Klassiker des Mahayana* in drei Tagen fertig schreiben. Ich kann jetzt nicht unnötig Kraft verlieren und krank werden!
Oh nee!
Noch drei Tage mit diesem Opi?!
Waaas?! Noch drei Tage?!
Warte einfach, bis ich mit den Sutras fertig bin! Schlaf meinetwegen!
Möglichst leise!

Mist!
Wie soll man drei Tage nur schlafen können?!
ドカドカ
Meeensch, so was von langweilig hier!!
ばふっ
Schläft trotzdem.
Seufz ...
Ob ...
... der wirklich vorhat, mich wieder in meine Welt zurückzubringen?
Na ja, selbst kann ich eh nichts machen ...
Ich muss wohl warten, bis der endlich fertig ist ...
...
Jepp ...!
Ich störe ihn erst mal nicht mehr ...
うとうと
...
ブポ
BLUBB

Hä? Bin ich im Meer ...?
BLUBB
Träume ich ...?
Was ist das ...?
Wa...?! Ich werde hineingezogen ...!!
!!

Ah ...!
Lu... Luft!
UWAH!!
Ah ...
Äh ...?
Stille ...
Krass! Was für Horror-Schriftrollen!!
Zum Glück war's nur ein Traum ...!
KEUCH
KEUCH
Hä?
Woher kommt denn die Decke ...?
Hat der etwa ...?

... kann ja auch ganz nett sein ...
Dieser Wald-schrat ...
War mit-tags zu lang im Bett und kann jetzt nicht einschlafen!!
Mist ...!
Hellwach
...
...
Hast du etwa die gan-zen letzten Tage nicht ge-schlafen?
Akihito-san!
Hey ...!
Hm ...?
Nanu? Akihito-san ist im-mer noch wach?

Wenn du so weitermachst, kippst du ...
Miki!
Achtung, vor dir!!
Hä?
!!
Miki!!

!!
Die Flamme ...!!
Argh!
!
URGH ...!
Akihito-san?!
Aber deine Hände ...!!

Was, wenn du keine Sutras mehr schreiben kannst?!
Alles in Ordnung?
Miki ...?
Was machst du nur für Blödsinn ...!
ビッ
Es tut mir leid.
Nur weil ich diese Sutras überall rumliegen lasse ...
Was redest du da?!
Ich bin derjenige, der sich entschuldigen muss!!
Meinetwegen hast du solche Wunden! Tut es nicht weh?
He he ...
Hey! Das ist nicht zum Lachen?!
Nein ...
Es ist nur ein angenehmes Gefühl, wenn man umsorgt wird ...

Solch ein glückliches Gefühl hatte ich lange nicht mehr!
Stimmt ja ... Akihito-san ...
... wurde ja hier zur Strafe ausgesetzt und lebt schon lange allein hier ...
Ah!
Der Verband ist gut! So kann ich problemlos schreiben!
Danke, Miki!
Und wenn ich in meine Welt zurückkehre ...
... ist er wieder ganz allein ...
Bitte ...
... Ohne eine Menschenseele, die sich um ihn kümmert ...
Was für eine grausame Strafe ...
Im Vergleich dazu ...

... kann ich ja ...
... froh sein, überhaupt irgendwohin zurückkehren zu können ...
...
Was ist los?
はっ
Du siehst betrübt aus ...
Machst du dir Sorgen?
Ach Quatsch!
Nix Besonderes! Geht's mit deinen Sutras voran?!
Danke!
Bis morgen müsste ich es schaffen!
Ja ...? He he!
Ist ja klasse!
Hier! Was zu essen!
Ich wollt's dir gerade rüberbringen!
Oder lass uns einfach hier essen!
Ja!

Der Sonnenuntergang hier ist wirklich schön!
Totale Ödnis, aber die Landschaft ist einfach super!
Du, Miki ...
Hm?
Kannst du Tanka* dichten?
*traditionelle jap. Gedichtart
Na ja ... Klassisches Japanisch war nie meine Stärke ...
Eher Naturwissenschaften ...
Wie?!
Ich würde mich freuen, wenn du zu dieser Landschaft ein Tanka dichten könntest ...
Hm ... äh ...
Der hat Nerven ...
...
...
Gespannt
Was ist das ...?
Ach ja, das kennst du also nicht ...
... Sorry!
Ich schaff's nicht!
Schade!
Mit Tanka meinst du so was wie *Hyakunin Isshu***?
Das ist ein Sammelwerk von vielen berühmten Tanka!
Davon hab ich noch ein paar in Erinnerung ...
Fein, dann sag mir eins von denen!
**alte jap. Gedicht-Anthologie

*Gedicht Nr. 77 des *Hyakunin Isshu*

Dieses Tanka ...
... konnte ich mir als Einziges gut merken ...
Es hat eine schöne Stimmung ...
Ist zwar ein bisschen traurig ...
...
Ich verstehe ...
Akihito-san ...?

Und ...
... der Tag kam!
Ein Glück, dass Akihito-san ...
... recht-zeitig mit den Sutras fertig wurde ...
Hä ...?
Was?! Moment mal ...!

Haben die etwa gerade ...
... die Sutras nicht angenommen ...?!
Wieso ...?
Akihito-san!!
Sie ...
Sie können sie nicht annehmen ...?!
!!
Die Sutras eines Sünders sind verflucht ...?!

Ich schrieb sie doch nur ...
... damit ich nicht als heimatloser Geist ....
... auf der Erde herumstreifen muss, sondern ins Nirvana eingehen kann!
...
Wenn ich schon hierbleiben muss ...
... wieso können sie nicht wenigstens meine Sutras heim nach Kyo no Miyako bringen?
A...
!!
Akihito-san ...
...

Ach ja ...
Ich hatte dir versprochen, dich zurückzuschicken ...
Äh ...
Aki-hito-san ...
Ich ...
... kann ruhig noch ein bisschen hierbleiben ...
Uns fällt schon eine andere Lösung ein!
Es gibt bestimmt einen anderen Weg außer den Sutras ...
Nein ...

Ich will dich nicht ...
... noch tiefer mit hineinziehen ...
Was meinst du mit »hineinziehen«?!
Du hast ...
... einen Ort, wo du hingehörst!
Es warten ...
... bestimmt Leute auf dich ...
Akihito-san ...
Und das Tanka ...
... das du mir aufgesagt hast ...
Das vom *Hyakunin Isshu*?

Das habe ich gedichtet ...
Was ...?!
Auch nachdem mein Leben endet ...
... wird mein Geist bis in deine Zeit weiter-getragen ...
Es ist genug ...
... wenn du dich ab und zu mal ...
... an die Stimmung des Tanka erin-nerst ...

... und an mich denkst!
Aber ...
Ich kann doch nicht ...!!
Akihito-san?!
Mo-ment ... Warte doch!!
Ah ...!
Akihito-san!!!

Akihito-san!!
Akihito-san!!

?!
Die Wohnung von Akihito-san...
... verfällt ...?
Das ist ...
... was danach passierte ...?
W... Was ...?!

*in der buddh. Lehre der Wiedergeburt die drei schlechtesten Möglichkeiten

Der Tenno möge zum Gemeinen werden und das Volk zum Tenno!
Akihito-san!!
Akihito-san!!!
Urgh ...!!
Ah ...!
Akihito-san ...

はっ
ガバッ
!
Ganz ruhig ...!
Du bist wieder wach, Ryoji ...!!
Opa ...?
Mein Zimmer ...
Ich bin wieder zurück!
Du hast sehr lange geschlafen ... Ich habe mir richtig Sorgen gemacht ...

Mo...
... Moment, Ryoji!
Wo willst du hin?!
Du musst dich erst mal erholen!!
...!
Ich muss nach *Shiramine*!
Shiramine ...?
...
Die Geschichte glaubt mir doch eh keiner ...!
Ja, ich muss ...
... unbedingt dorthin ...
Auf keinen Fall!!

Du darfst nicht nach Shiramine!!
Dieser Ort ist vom Sutoku-Tenno* verflucht!!
*jap. Kaiser (12. Jh.)
...?!
Verflucht ...?
Nee, oder ...?!
Meinst du ...
... damit etwa Akihito-san ...?
Akihito ...?!
Akihito-Tenno, genau ...
Akihito-Tenno wurde ...
... von seinem Vater, dem Ex-Tenno Toba, »Ojiko«** genannt und war schon am Kaiserhof isoliert.
»Ojiko« ...?
**Onkelkind

*abgedankter und ins Kloster eingetretener Tenno.
Akihito-Tennos wirklicher Vater ist Shirakawa-Houo*, der Großvater Tobas.
Als Shirakawas Sohn wurde er zu dessen Lebzeiten verwöhnt und kam dadurch auch an die Herrschaft ...
Aber nach dem Tod Shirakawas zwang ihn Toba, der schon lange einen Groll gegen ihn hegte, zum Abdanken.
Schließlich führte er eine Rebellion gegen das Kaiserhaus, verlor aber ...
... und wurde nach Sanuki** verbannt.
**Ortsname (Insel Shikoku)
Akihito-Tenno wurde nach seinem Tod der Name Sutoku gegeben ...
Er hatte ...
... um den Kaiserhof zu verfluchen, mit seinem eigenen Blut Flüche auf die gesamten 200 Schriftrollen der fünf Mahayana-Klassiker geschrieben und ins Meer geworfen ...
... und sich damit auf den Weg des Bösen begeben.
Das heißt ...

Diesen Berg von fürchterlichen Sutras, den ich im Traum gesehen habe ...
... hat Akihito-san ...!!
は
Ryoji!
Jedenfalls darfst du auf keinen Fall nach Shiramine!
Jemand mit dem Familiennamen Miki darf diesen Ort nicht betreten!
Wie ...?
Wa ...
Was meinst du damit!?
Der zum Dämon gewordene Sutoku-Tenno wurde ermordet ...
Ermordet ...?

Genau ...
Von einem Samurai aus Sanuki, den der Nijo-Tenno beauftragt hatte ...
Chikayasu Miki!
Unser Vorfahre ...
...
Ryoji ...
Ist was passiert?
ギゅッ
...
Opa ...
Hör mir bitte zu ...

»Möglicherweise hat Akihito-Tenno, als Chikayasu die Klinge auf ihn richtete, dich in seinem Gesicht gesehen und so sein Ende akzeptiert ...«
... sagte Opa und erklärte mir die Bedeutung von Akihito-sans Tanka ...
»Ich will dich nicht ...
... noch tiefer mit hineinziehen ...«
Schon damals ...
... hatte er sich zu dem Fluch entschlossen ...
Deshalb ...
... hat er mich gewaltsam zurückgeschickt!

Das »Hineinziehen« ...
... war also so gemeint ...!!
Wenn ich damals bloß dort geblieben wäre ...
SCHLUCHZ
SCHLUCHZ
... hätte Akihito-san vielleicht ...
ポタ...
So wie der Wildbach ...
... durch Felsen geteilt sein Bett findet...
... werden wir beide auch wieder zueinanderfinden ...
Erklärung: So wie der Wildbach, den der Felsen zweigeteilt hat, am Ende wieder zusammenfließt ...
... hoffe auch ich, dich einmal wiedersehen zu können ...

Das Einzige, was ich tun kann, ist, an dich zu den-ken ...
... aber das ging dir bestimmt genauso ...
Ich hoffe, meine Sehnsucht erreicht dich irgendwie ...

ENDE

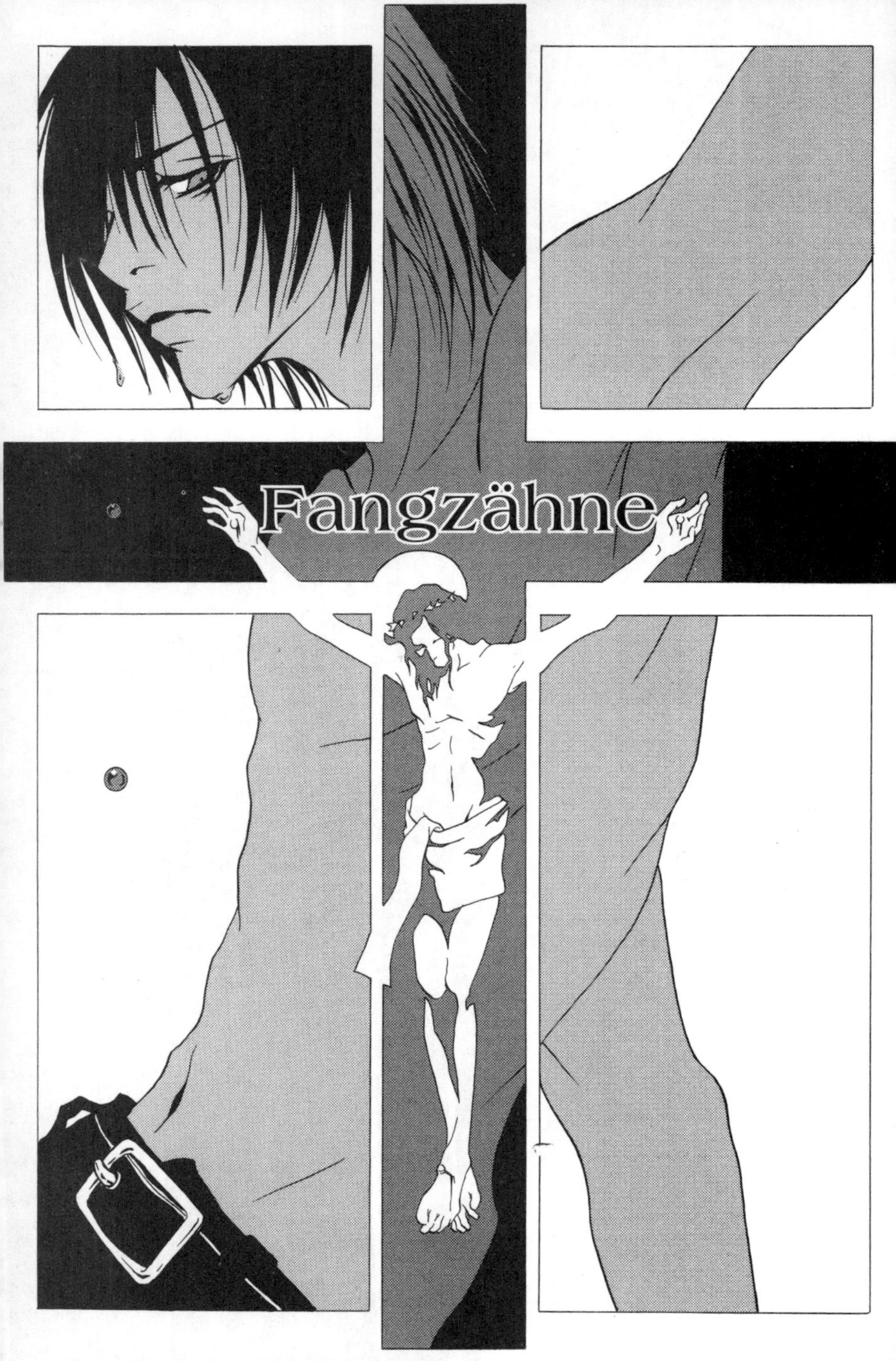
Fangzähne

Seine Küsse schmecken immer nach Blut ...
喬琪乾洗公司
Blut von jemand anderem, den ich nicht kenne ...
Mm ...

Wor ...
Du schmeckst nach Blut ... Hör auf ...!
Das ist nicht mein Blut, Myon ...

Ich meinte, hör auf, Leuten Blut auszusaugen!
Ich bin ein Vampir ... Was kann ich dafür ...?

Er schläft nicht jeden Abend in 'nem Sarg oder so ...
Vor dem Einschlafen liest er immer die Bibel und betet ...
Aber mein Blut trinkst du doch auch nicht!
Selbst ich habe Menschen, die mir wichtig sind ...
Ich kann ihm nicht glauben ...

Myon, magst du es nicht, von mir geküsst zu werden?
...
Doch ...
Warum bis du dann so sauer?
Na ja ...
Diese ganzen fadenscheinigen Lügen ...
Lügen?
Ich lüge dich doch nicht an!
Alle sagen Lügner ...
Obwohl du jemand anderen außer mir berührst ...

... und ihn bis aufs Blut liebst ...
Zieh dir doch einfach diese Zähne!
Vampire gibt es doch gar nicht ...
Dann brauchst du ...
... auch kein Blut mehr zu trinken ...
»Dann brauchst du ...
... auch nicht mehr solchen Schwachsinn zu reden ...!«

Wenn du mir schon mit Ausreden kommst, dann lass dir gefälligst was Realistischeres einfallen!
...
...
Also echt!
He ... Myon ...
... Myon? Schläfst du schon?
Wenn ich mir meine Zähne ...
So was Lächerliches!

Ich sagte: »Als ob ein Vampir Gott anbeten würde!«, und lachte ...
Aber er wiederholt nur »Es ist wahr!«.
Während er betet ...
... gibt er mir einen um den anderen ...
... nach Blut schmeckenden Kuss ...

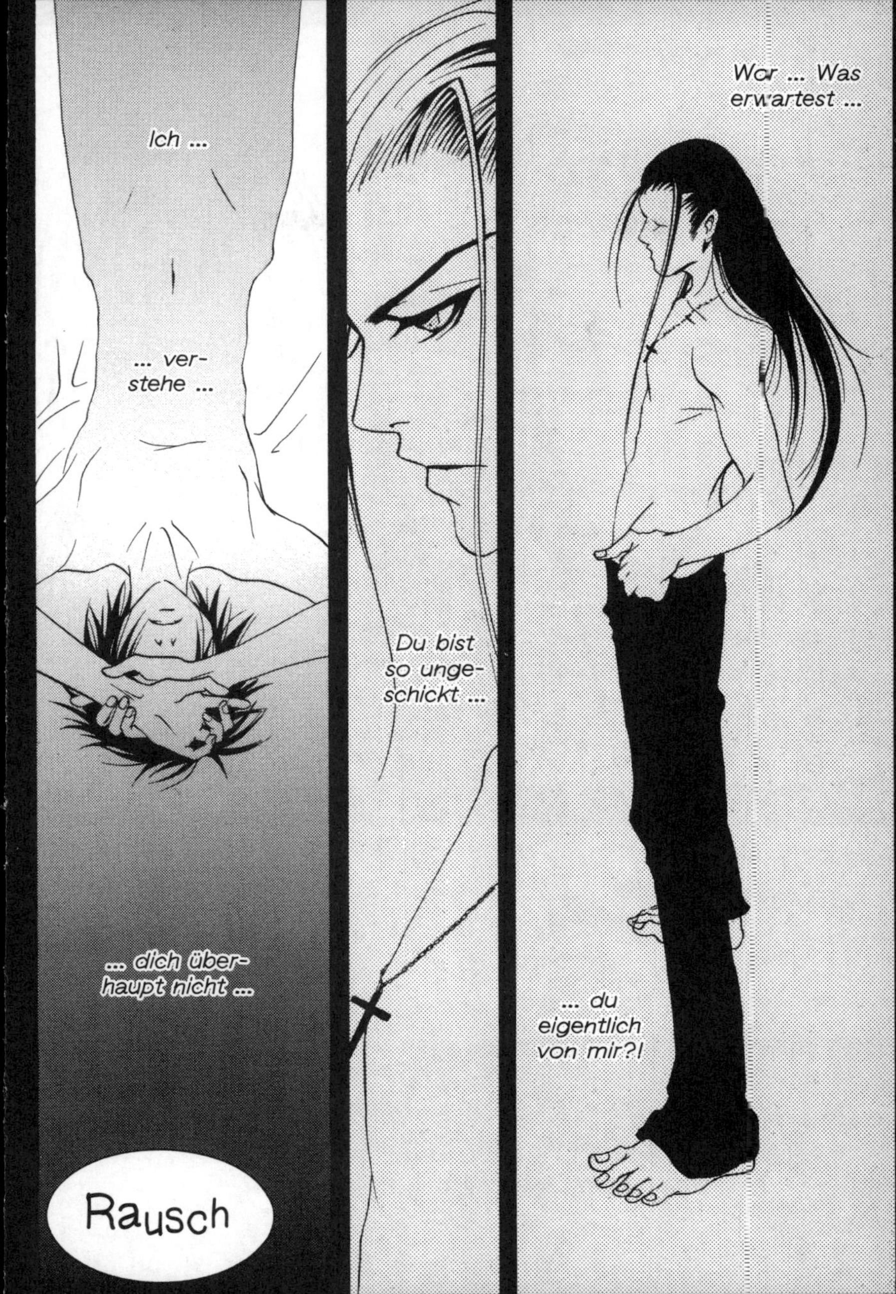
Wer ... Was erwartest ...
... du eigentlich von mir?!
Du bist so unge-schickt ...
Ich ...
... ver-stehe ...
... dich über-haupt nicht ...
Rausch

Rausch
Rausch
Ist das Wasser ...?
Ist Wor nach Hause gegangen ...?
Dieser Blödmann lässt Licht und Wasser an und haut ab ...
Rausch
War der etwa so fertig ...?
ガチャ
Rausch

Oh ...
Nein ...
Wor ...!!

SCHLUCHZ
SCHLUCHZ
Er hat bestimmt ...
Ahh ...!!
... als ob er betet ...

... Seine Stimme ...
... unterdrü-ckend ...
SCHLUCHZ
SCHLUCHZ

Es ist keine Lü-ge ...
ドサ

Wie oft ich meine Zähne auch rausziehe ...
... und rausziehe ...
... und rausziehe ...
... und rausziehe ...
Myon ... glaub mir bitte ...

... sie wachsen wie-der nach!
... bitte!
Küss mich ...!
Schwachsinn!
Purer Schwachsinn!

Und trotzdem tut er mir so leid ...
... und ich liebe ihn so sehr ...
ENDE

Der Totenmeister

Wow ...! Das geht ja noch weiter!
Lasst uns heu-te mal hier lang gehen!
Uwäh! D... Das stinkt!
Viel-leicht finden wir ’ne Leiche!
He he he!
Hö... Hör auf damit!
Hu ...uh ...
U... uh ...
Mann, ist das groß!
Shi...n ...
Ja ...

Hm?
Was ist los, Shin?!
... 'ne Stimme ...
Ich habe gerade die Stimme von meinem Vater gehört!
Was ?!
Dein Vater?!
Ähm ... ist dein Vater nicht letztes Jahr ...
Ja, er ist gestorben ...
Also doch?!
!!
Shin ...
Shin ...!!

Papa?!
Tralala ...! ♪
Ich habe nichts gehört!! Überhaupt nichts gehört!!
Rot, rot, rot sind alle meine Kleider ... ♪
Shin ...
Shin ...
Du bist es doch, Papa?!
GRRR
?!
... rot, rot, rot ist alles ... ♪
... rot?!
Rote Augen!!
Kreisch
Re...
Schluck
Re...
Reeeeennt!!
Uwah!!

»Brücke«?
Eine Brücke ...?
Genau ...
Es müsste hier in der Gegend eine Steinbrücke geben ...
$10-
So was Prächtiges haben wir hier nicht! Hier in der Stadt gibt's nicht mal 'nen größeren Fluss!

Komisch ...
Der Unterweltkompass schlägt doch deutlich aus ...
Unter...
»Unterweltkompass«!
Ah ...! Sind Sie etwa ein Totenmeister?!
カタカタ
Ja ... Ich bin ein Totenmeister und heiße Ko!
Ist etwa ... meinem Mann im Jenseits etwas zugestoßen ...?!

Haben Sie bitte nicht solche Angst!
Es ist die Aufgabe eines Totenmeisters, die Toten zu beschützen!
Aber ...
Ein Totenmeister?!
Der Typ?
Wow!! Seh ich zum ersten Mal!!
Shin! Sei nicht so frech!
Wow! Der ist ja echt!
Ha ha ha!
Nenn mich bitte wenigstens Ko-san!

Aber was tun ...?
Wenn es keinen Fluss gibt, kann es natürlich auch keine Brücke geben!
Aber der Unterwelt-kompass reagiert so stark ...!
Ko-san ...
Hm?
Ich ...
... weiß, wo hier ein Fluss ist!

Aha!
Ein unterirdischer Kanal!
Verstehe. Dass sie hier eine Brücke bauen ...!
Eine Brücke?
Eine Yin-Yang-Brücke, die das Diesseits mit dem Jenseits verbindet!
Es gibt Schurken, die die Toten diese Brücke überschreiten und unsere Welt ins Chaos stürzen lassen wollen!
Das zu verhindern, ist meine Arbeit!

Also ...
... war das doch Papa ...!
Was meinst du?
Ich habe hier die Stimme von Papa gehört!
Waah?!
TROPF
Das war nur ein Kampfschrei! Nuuur ein Kampfschrei!
Ha ha ha!
Eine ... Stimme also ...
Ja! Er hat meinen Namen gerufen!
Oje! Dass normale Menschen ihre Stimmen hören ... Haben sie etwa schon begonnen, die Brücke zu überqueren? Ich muss mich beeilen ...

Dan-ke!
Ab hier gehe ich alleine!
Was?!
ぽん
Du gehst nach Hause!
Das war die Stimme von Pa-pa!!
Ich komme mit, bis ich ihn gese-hen habe!
UPS?!
Gestern waren dort ganz viele Hunde, und ich habe Angst ge-kriegt und bin nicht weiterge-gangen, aber ...
Das war eine kluge Entschei-dung!
Aber heute habe ich keine Angst! Du bist ja dabei, Ko-san!
Du fürch-test dich ja auch nicht, oder!?

Das ist ja meine Arbeit!
Eine »Angelegenheit für Erwachsene«, wie man so sagt!
Na dann!
Guten Heimweg!
...!
...!!
Hey ...!
Jetzt warte!!
Huch?!

Komm zurück!! Das ist gefährlich!!
So warte do...
BREMS
...ch!!
ズルッ
RUTSCH
Wah!!
ドッパーン
Oh Mann! Hab gedacht, dass der tiefer ist ...
Uh ... Autsch ...
SPUCK
?
ガタ ガタ
Was ist los?
ガタ ガタ

Siehst du! Du hast also doch Angst!
Geh schnell heim!
Da ... ist ... was ...
Hm?
Grrr ... Komm uns nicht in die Quere!
Hinfort, Totenmeister ...!
?!
S... Sie reden!!
Pst!
Du musst sie ignorieren!
Mit denen kann man nicht verhandeln!
Hierhin!

W... Was sind das für Monster?!
Sie versuchen, die Toten auferstehen zu lassen, damit die Welt im Chaos versinkt!
Uwah!! Da kommen sie!
!!
Grah!!!!
Shin!
Geh nach hinten!!

Sag mal, Ko-san! Die Toten auferstehen lassen ...
... heißt das, dass auch mein Vater wieder lebendig wird?!
Shin! Hör mir gut zu!
Diese Auferstehung ist nur eine kurze Illusion!
Sie benutzen nur ihre Seelen!
Ich werde nicht zulassen, dass die Toten ausgenutzt werden!
Ich werde deinen Vater garantiert beschützen!
Ko-san ...
Dafür muss ich mit ihnen kämpfen ...

N...
Wir müs-
sen uns hier
trennen. Ist
das klar,
Shin?!
Nein!
Nimm mich
doch mit!!
チャキ
Keine
Zeit!
Bleib
ganz still
stehen!
Was?!

Gut. Das reicht.
Uwah! Was ist das?!
Dachte, ein Schwert ...
Das sind sogenannte Schutzzeichen ...
Eine Art Talisman, der dich vor bösen Geistern schützt!
Die Barriere wird auch nicht lange halten!
Ich muss los! Du rührst dich nicht vom Fleck!
Ko-san!!
...

Papa ...
Papa ...
Shin ... bist du da ...?
Komm her ...
Gib mir dei-ne Hand ...
Papa!!
Shin ... Pass gut auf deire Mutter auf ...!

Ich kann sie nicht mehr beschützen ...
Von nun an ...
... musst du sie beschützen, Shin!
Ah!!
GROAAR!!
Groah!
!!
Die Schutzzeichen ...
Krass ...!
...!

Mist!
Der Nebel ist zu dicht! Ich kann kaum was sehen ...!
Wo ist die Yin-Yang-Brücke?!
Wo ... ist die Brü-cke?!
?!
Der Fluss wird tiefer ...! Er verbin-det sich mit dem Jenseits!!
Hier ist also ...

... der
Toten-
fluss!!
!!
Mist!!
!!
KNACK

Argh
...!
メキッ
ギチッ
Aaah!!
JAULI

JAUUUL!
HAH
HAH
HAH
HAH
...!!
Mein Schreibarm ist Matsch!
Die Brücke ...?!

Ver-
dammt
...!
Sie
kommen!
Langsam,
aber ste-
tig ...!
Wenn sie
ganz über
die Brücke
sind ...

... sind sie schon ...
... in unserer Welt!!
Argh!
Ich muss mich beeilen! Sonst ist alles ...!

U...
Uh ...
Shin!!
Er hat die Schutzzeichen abgelegt?!
Was soll das werden, Shin?!
U...wah ...!!
Shiiin!!
Papa, du ...
Papa, du Lügner!!

Ich sollte doch auf Mama auf-passen ...?!
Ich soll sie beschützen, hast du doch gesagt!!
Du bist ...
Shi...n ...
Mein Papa ist schon gestor-ben!
Daher ...

... bleib ...
... drüben!!!

ヨロ
U...uh ...
Shin! Komm zurück!!
Fertig!!
Ich reiß die Brücke ein!!
ポン
?!
Sei ...
... stark ...

Schnell!!!

Kehrt ...
... dorthin zurück, wo ihr hinge-hört ...

SCHLUCHZ
SCHLUCHZ
Shin ...
Dank dir ...
... konnten wir alle retten!
Danke!

Du bist ein starker Mann!
So ...
Lass uns auch heimgehen!

Ziehst du schon wieder weiter?
Na ja ... Immer dem Totenkompass nach ...
Aha ...
Shin! Hilf mir mal kurz!
Sofort!
Ich muss cann auch los!
ピョーン
Ko-san ...
Alles Gute!!
ニカッ
フッ
Dir auch!

ENDE

POST SCRIPT

THANK YOU FOR YOUR READING

Hallo! Vielen Dank, dass ihr das Buch in die Hände genommen habt!!!

Wilder Schmetterling: Die Geschichte. Der Anfang war in der ursprünglichen Publikation farbig, deshalb habe ich auch in diesem Band darum gebeten. Ich habe den Krieg als Thema genommen, ohne direkt das Schlachtfeld zu zeichnen, und darauf geachtet, dass es nicht zu düster wird. Sorry, falls es ein wenig einfach und oberlehrerhaft rüberkommt.

Die Legende vom Senyo: Damals hab ich einen simplizistischen Stil angestrebt und achtete wie verrückt auf meine Federführung. Trotz meiner Mühe kam es nicht so gut an, daher habe ich wieder damit aufgehört. Der Anlass war, dass ich einfach gern einen bärtigen, langhaarigen Typen zeichnen wollte. Also habe ich Senyo (ursprünglicher Name: Teiran) gezeichnet. Wenn ich mir dieses Buch so ansehe, wimmelt es da wirklich von langhaarigen, bärtigen Typen ...

Die Erzählung von Shiramine: Ich liebe den Sutoku-Tenno!! Vor lauter Enthusiasmus hab ich alle Orte bereist, die mit ihm in Verbindung stehen. Die Geschichte ist eine Mischung aus Legende und historischer Wirklichkeit. Für diejenigen, die es noch genauer wissen wollen, empfehle ich die Bücher »Ma no Keifu« von Kennichi Tanigawa, »Ugetsu Monogatari« oder »Hogen Monogatari«.

Fangzähne: Das Werk vor der »Legende vom Senyo«. Deshalb ähnelt sich der Zeichenstil. Ab und zu bekomme ich Lust, so einen Image-Manga zu zeichnen. Ich wollte ein mit Blut vollgespritztes Badezimmer zeichnen, dem hab ich eine Doppelseite gewidmet. Manche Leser sagen, sie hätten sich erschrocken, also war es anscheinend ein Erfolg.

Der Totenmeister: Sorry für das merkwürdige Genre ... Die älteste Geschichte in diesem Band. Ich hab sie im Sommer 2002 gezeichnet. Ich hatte überlegt, ob ich sie noch verbessern soll, aber letztendlich hab ich sie so gelassen. ...

Also dann. Ich hoffe, wir sehen uns bald wieder!!!!!!!!!

http://www5b.biglobe.ne.jp/~doggydog/

Hiroki Kusumoto

DES TEUFELS GEHEIMNIS

Hinako Takanaga

Das Auftauchen des gehörnten Raoul mit dem langen Schwanz im Garten der Pfarrei irritiert Vater Mauro sichtlich. Dem Gebot der Nächstenliebe folgend nimmt er trotz seiner Ängste den kranken Dämon bei sich auf und lernt auf einmal eine Seite an sich kennen, die seine keusche Welt ins Wanken stürzt ...
Ein Kurzgeschichtenband aus der Feder von Hinako Takanaga.

BOYS LOVE

TOKYOPOP®

www.tokyopop.de

OHNE VIELE WORTE

Hinako Takanaga

Satoru hat es nicht leicht, denn er ist so schüchtern, dass er kaum ein Wort über die Lippen bekommt. Zudem ist er unsterblich in den coolen Keigo verknallt, der ihn eines Tages unverhofft küsst und ihm seine Gefühle gesteht. Satoru ist total perplex, und so gerne er ihm etwas erwidern würde, seine Lippen sind versiegelt. Wird Keigos Liebe Satoru die nötige Kraft schenken, seine Schüchternheit zu überwinden?

BOYS LOVE

TOKYOPOP®

www.tokyopop.de

STOPP!

Dies ist die letzte Seite des Buches!
Du willst dir doch nicht den Spaß verderben
und das Ende zuerst lesen, oder?

Um die Geschichte unverfälscht und originalgetreu mitverfolgen zu können, musst du es wie die Japaner machen und von rechts nach links lesen. Deshalb schnell das Buch umdrehen und loslegen!

So geht's:

Wenn dies das erste Mal sein sollte, dass du einen Manga in den Händen hältst, kann dir die Grafik helfen, dich zurechtzufinden: Fang einfach oben rechts an zu lesen und arbeite dich nach unten links vor.
Viel Spaß dabei wünscht dir TOKYOPOP®!